문학과지성 시인선 487

# 짙은 백야

## 이윤학 시집

문학과지성사

**문학과지성사에서 펴낸 이윤학의 시집**

먼지의 집(1992)
붉은 열매를 가진 적이 있다(1995)
아픈 곳에 자꾸 손이 간다(2000)
꽃 막대기와 꽃뱀과 소녀와(2003)
그림자를 마신다(2005)
너는 어디에도 없고 언제나 있다(2008)
나를 울렸다(2011)

문학과지성 시인선 487

**짙은 백야**

펴 낸 날  2016년 7월 13일

지 은 이  이윤학
펴 낸 이  주일우
펴 낸 곳  ㈜문학과지성사

등록번호  제1993-000098호
주    소  04034 서울 마포구 잔다리로7길 18(서교동 377-20)
전    화  02)338-7224
팩    스  02)323-4180(편집)  02)338-7221(영업)
전자우편  moonji@moonji.com
홈페이지  www.moonji.com

ⓒ 이윤학, 2016. Printed in Seoul, Korea

**ISBN  978-89-320-2881-1  03810**

이 도서의 국립중앙도서관 출판예정도서목록(CIP)은 서지정보유통지원시스템 홈페이지
(http://seoji.nl.go.kr)와 국가자료공동목록시스템(http://www.nl.go.kr/kolisnet)에서
이용하실 수 있습니다. (CIP제어번호: CIP2016015591)

문학과지성 시인선 487

# 짙은 백야

이윤학

**시인의 말**

벼름박에 걸어둔 아버지의
간드레와 마주할 때가 있다
열네 살의 아버지가
금광에 다닐 때부터 쓰던 물건이다

폐광된 금광의 갱도를 따라
내려가 바닷물을 만났다

금광에 갈 때
금광에서 돌아와
내 눈을 들여다보는
아버지를 만났다

2016년 7월
서대마을에서
이윤학

# 짙은 백야

차례

**시인의 말**

**제1부**

제1부

# 늦봄

베란다 창문을 반나절 열어놓고 외출했는데 접어 놓은 카펫 움푹한 자리에 새끼를 들여놓은 꿩이 종 적을 감추었다 털이 나기 시작한 새끼 꿩 세 마리는 쉬지 않고 울었다 밥풀을 으깨주고 조를 부숴주고 생수를 따라주었는데 거들떠보지 않았다 밤이 되어 털옷을 깔아주고 전기난로를 틀어주었는데 떠는 것 을 멈추지 않았다 감기는 눈꺼풀을 힘겹게 들어 올 리며 울고 또 울었다 연초록 떡갈잎이 돋아난 야산 으로 통하게 베란다 창문을 열어놓았는데 밤사이 어 미는 돌아오지 않았다 쓰러지면 다시 일어나 졸기를 반복하는 새끼 꿩 세 마리가 똥오줌을 깔고 앉아 쉰 내를 풍기며 울었다 약한 불에 올려놓은 찜통의 사 골이 졸아드는 반지하 어미를 찾는 아이들 울음이 들렸다 지독한 노린내를 풍기는 연기가 주방후드에 서 쏟아져 나와 담쟁이를 감고 올라갔다

# 하리* 선착장


밀물이 차오를 때 우산을 쓴 남녀가 손을 잡고
정강이까지 물이 차오를 때 가로등에 앉은 갈매
기가
미끄러지는 척 가로등에 몸을 밀착시킬 때 함박
눈이
느린 그림으로 바뀔 때 안면도는 함박눈을 헤치면
바로 지척인 거리로 다가왔다 선착장 콘크리트
빗금
경사로를 내려간 연인이 입을 맞추고
뒷걸음질 쳐 정강이 아래 밀물로 밀려왔다
시동을 끈 렌터카 차량에 함박눈이 내렸다
차량 안 블랙박스 촬영 불빛이 점멸하였다
희미해진 외통수 해안도로는 기능을 멈췄다
그들은 서로에게 확대 해석되고 있었다


* 충남 홍성군 소재 마을.


10

# 빗물 펌프장

혼전(婚前)에 맡아보지 못한 냄새를 품고 있는
달맞이꽃 집단 거주지로 간다 망측한 스프레이
그림자들이 줄을 서서 어깨너비 핸들을 놓고
자전거를 타고 지나가는 곳, 개 짖는 소리까지
사금(砂金)의 분신(分身)인 불빛으로 일렁이는 곳,
그때는 한심한 내 영혼이 비탈에 누워
수면의 물고기 입맞춤 자국마다 별빛을
듬뿍 담아두었지 체인을 거꾸로 돌리면서
켜질 듯한 영사기 불빛을 내두르면서
달맞이꽃 집단 거주지로 너는
새벽까지 다가왔었지

# 내손동*

은행나무 둘레에 버려진 자취 살림도구들
엠디에프옷장과 침대와 두 칸짜리 비닐소파와 냉
장고와
비닐봉지에 쑤셔 박힌 이불 더미와 말라비틀어진
화분과
심하게 금이 간 어항 속 인조 물풀들이 은행잎에
덮인다
이삿짐을 실은 트럭이 골목으로 진입하자
하수구 뚜껑들이 벌렁거리기 시작한다

붉은 끈을 동여맨 잡지 더미에서
『1990 신춘문예 당선 작품집』과
이성복 시집 『남해금산』을 꺼낸다

예쁘고 착해 보이는 규진이 언니
열심히 살아가세요

생일 축하하고

12

이성복 씨 같은 내성적인 사랑은 하지 마라


약수터 어귀 미루나무는 저녁 어스름을 꼬챙이로
꿰매 들고
소통 불가능한 말을 흘린다 풍 맞은 남자는 무당
의 무음
방울지팡이를 바닥에 꽂고 돌리면서 흔들어댄다
틀어진 입을 돌리고 떨면서 딴청을 부린다 그는
지금
오래된 냄새의 진원지를 찾아가고 있는 중이다


자전거로 귀가하는 남자는 엉덩이를 들어 올리고
핸들을 비틀어 잡는다 고지가 바로 저긴데 바로
언덕으로 치달으며 이륙하는 제트기 소리를 낸다


눈물이 쏙 빠지는 행복이 더 이상
당신을 찾지 않을 때 나는 비로소
당신의 만성비염까지 사랑하기에 이를 것이다

축축한 등줄기 결리는 은행잎에 누워 쿠린내와

약수 맛과 외국으로 나가는 여객기 배때기에서

시작된 휘파람을 부를 것이다


* 경기도 의왕시 내손동.

청평

저 강물을 어루만지는 햇볕이 태양을 떠나온 지
이십 개월밖에 안 됐을 턱이 없지
어루만짐은 반복이 안 되는 것이지
손아귀에 들어갔다 나온 보석은
이미 보석이 아닌 것이지
반복이 안 되는 시디플레이어로 듣는
세레나데, 물결은 강변으로 밀려나
그대 사는 빌라에는 도착하지 않아
마른기침과 마른침을 넘기고는 하는데……
저 강물을 어루만지는 햇볕의 잔상이
그대 마음을 떠나온 지 오래
저 강물이 내 마음을 쓸어갈 때까지
수력발전소 수문은 개폐되지 않겠지

# 누옥의 방 한 칸

화단을 지키는 고양이 밥그릇에다
성견 사료 한 알 한 알 떨어뜨려줬더니
골이 났는지 눈길도 주지 않더라

마름모꼴 방 끝의 티브이를 켰더니
화면 중심으로 불 꺼진 성냥골이
쏜살같이 떨어지더라

모자를 쓰지 않았는데
모자를 쓴 것 같은 느낌이
찾아올 때가 있더라
머리를 쓸어 넘기면서
어떤 사랑도 실패한다는
결론에 도달하게 되더라

정체불명의 내가 전전 주인이
하숙을 치던 식탁의자에 앉아 있더라
들린 벽지에서 흙가루 떨어지는 소리

불룩한 배를 끌어안고 있더라

치킨집 개업 기념 벽시계 초침
좁아터진 방 한 칸 갉아먹는 데
이십몇 넌이 걸린다더라

나무대문을 발로 걷어차면서
자기 이름을 불러대는 목소리
새벽 눈발이 들이치더라

# 사일로가 보이는 식탁

옥수수 끓인 물 훈김을 들이켜다 보았다
사일로 사이 삐뚜름한 샛길이
리기다소나무 드높은 달밤을 불러왔다

뒤축이 내려앉은 봉고차는 공터에 세워두고
야산을 오르는 사내의 비닐봉다리에서
식은땀을 흘리는 소주병들이 부대꼈다

옥수수 밭고랑을 따라 걸어가는
실로폰 소리가 사일로에 저장되기도 했다
옥수수들이 길어지는 혓바닥을 내둘렀다
입을 다물어도 입안에 들어오지 못한 혀들이
톱니를 감아 돌렸다

리기다소나무 숲에는 무덤이 많았고
드러누워 병나발을 부는 사내는
주인 없는 이름을 불러댔고
누군가는 숨이 막혀 대답하지 못했다

사일로가 보이는 식탁에 앉아
옥수수 끓인 물 훈김을 코로도 들이켰다
막다른 골목까지 걸어간 사내가
풀을 쥐고 매달려 있는 시간이 늘어났다
숨을 쉬느라 목소리를 들려준 적 없었다

# 비문을 옮기는 포클레인의 후미

갈림길이 하나로 통합될 때
너는 혼자가 되어도 좋았다
연잎에 흩어진 물방울
연꽃잎이 감싸 안은 허공을 보았다

이제는 돌이킬 수 없는 일이 되고 말았다
잠자리가 물의 표면을 찍었고
나이테가 퍼졌다

마디 많은 물풀이
연못에 풀밭을 펼쳤다

죽은 개가 떠올라
불어 터진 옆구리를 드러내고
희멀건 눈으로
연못의 깊이와
하늘의 높이를 가늠했다

비탈진 공동묘지가 내려와
바닥에 석물을 내려놓고
억새를 심어놓았다

방금 전에 수장시킨 핸드폰
물방울을 피워 올리고
화물열차가 기적을 울렸다

오래된 봉분들이 일그러졌다
새로 생긴 봉분이 연못의 태양을 묻었다
너는 어금니로 풍선껌을 몰아 씹었다
나는 벌레들이 터지는 소리를 들었다

# 오징어


너희 선조들은 바닷물에 떠 까마귀를 기다렸다고
한다
죽은 척 바닷물에 떠
까마귀의 배고픔과 비슷해지기를 기다렸다고 한다


누군가는 파도를 타고
술 없이 한평생
뱃놀이를 즐겼다고 한다


까마귀의 부리가 너희들을 찍기 바로 전에
열 개의 다리로 까마귀의 머리를 잡아채
물밑으로 끌고 들어가 익사시켰다고 한다


까마귀는 너희들의 흡반으로 빨려들었고
털들은 바닷물에 떠 흩어졌다고 한다


해변을 배회하다 돌아온 반농반어의 그가
마른오징어를 담아놓은 고무대야는 붉었다

아궁이에 가랑이를 벌리고 앉아
오징어 굽는 소리는 타닥거렸다

오그라든 오징어 타버린 오징어
딱딱해진 오징어를 부뚜막에 털어냈다
다리를 떼고 몸통을 찢어 부뚜막에 올려놓았다

글라스에 소주를 한 컵씩 따라 들이켜는
그의 얼굴이 고무대야 물 위로 떠올랐다

## 짙은 백야

백합이 품은 짙은 백야를
필사적으로 걸어온 자
물소리를 틀어놓고
자갈을 뒤집는 잠이 들었다

한 번은 열 번 백 번 천 번 만 번으로 통하는 지름
길이었다

최후의 툰드라를 틀어놓고
잠이 들어버린 자
바가지에 틀니를 벗어놓고
옛날 맛 그대로인 김치 씹은 물을 오물거렸다

자판 두드리는 소리
딱따구리조각마법사
세 시 반의 맨발을 위해
오동나무 상판에 가로의 숨구멍을 뚫었다

카페의 목조계단은 비좁았고, 반들거렸다
음울한 클래식이 지름길로 들어오고 나갔다
그만이 무덤에 갔다 돌아왔다
짙은 백야를 걸었다

천년만년 본드를 흡입하고
봅슬레이를 타고 내려갔다
죽은 자의 힘을 빌려 살지 않겠다
냉골 바닥 거대한 십자가 앞에 팽개쳐져
떨거지가 되지 않겠다

# 죽변(竹邊)* 바다

숨 쉬다 보면 절벽이 나왔고 양지바른 곳은 모두
가 묘지였다
살아서 아는가 무화과가 숨겼던 꽃을 내밀었을 뿐
인데
열매가 벌어져 입안이 헌 사람은 자기 이름을 부
르는
소리에도 소스라쳐 담장의 버팀목에 기대는 순간
이 있지
명태를 들고 시멘트 마루를 조지는 여자가 있지
공중 부양한 태양이 바다에 만든 오솔길을 걷지
짖지 않는 개가 최선을 다해 짖는 개를 바라보지
눈을 감고 김칫국물 범벅된 사료 냄새를 맡지

키 작은 소나무 순을 보러 냄새를 맡으러
꺾인 순 맛을 보러 절벽으로 오르는 남자가 있지
그는 홑겹 잠바 부푼 바람의 알을 지고 있지
하늘을 끌어당겨 접합시킨 바다의 터지는
수평선을 어금니로 짓이겨 물고 있지

여기가 무작정 기다리기 적합한 장소라
여기가 순간을 모면할 유일한 통로라
남자는 바다를 향해 입구가 트인
텐트로 들어가 절벽이 되지

오래전에
누군가의 묘비명은 절벽 앞에 씌어졌으며
그의 해골은 절벽 아래로 떨어져 부유한다


* 경북 울진군 죽변.

# 공터의 벽시계

자신에게 사로잡힌 풀벌레들이 지린내를 풍기며
울어주는 공터로 돌아온 그는 벽시계를 업어다
한데와 내통하는 벽장을 막았다 그는 홀몸으로
복어 배를 부여안고 서글퍼한 날들을 회개했다
자신에 대한 소문은 자신만 모른다고
인격 중 가장 어린 아동이 속삭였다
새벽이면 인격들의 중얼거림이 권태와 변태를 불
러왔고
언제나 술을 마신 식전이 되었다 세상 어디엔가는
썩은 물만 빠져나오지 못하는 탱크가 있다는 게
사실이었다
눈을 감으면 개펄이 보이는 동네에서 살았다 엎드
려 잠자는
할머니뻘 되는 여자가 나타나 자꾸 소란을 피웠다
얼굴을 들고 나다닐 수 없는 동네에서
그는 드디어 모든 술을 끊을 수 있었다
그는 가난을 즐기는 게으름뱅이가 되려다 실패한
수천만번째 사례가 되었다 작가를 꿈꾸는 시인이

었고
　　출항하는 어부들을 따라 산책 나갔다
　　그냥 돌아오는 길도 잊은 지 오래되었다
　　그는 마지막 술병 마개를 비틀었다 지문에
　　굵은 소금을 찍으며 중국을 떠올렸다
　　그는 방금 바닷물을 빠져나온
　　젖은 몸, 파란 입술을 깨물었다

# 서대길

방부목 쪼가리를 모아 토치로 불을 지른 인부들이
펜션 공사장 남향으로 샌드위치 패널을 깔고 앉아
돼지목살을 굽는 냄새가 퍼져나가는 겨울 골짜기
잣 껍데기를 태운 난로 연기가 하늘을 대신하는
저물 무렵이었다

마른 코다리는 데크 빨랫줄 끝에 몰려 뼈다귀를
드러내고
까마귀들은 전시용 사슴 우리 사료 구유를 반경으
로 날았다
염소 방목장 연탄 피운 우리 서열이 낮은 숫염소들
암내를 맡고 괴물이 된 자신을 질타했다

혼자 남은 노인은 남편이 숨지면서 던져준 태엽
감는
손목시계를 몸뻬 주머니에서 꺼내 귀에 대고 산등
성이
활엽수 사이로 밀물 드는 태양의 잔상을 좇았다

또 하루를 산 것이 대견해 눈물이 넘쳤다
물컹해진 종이컵에 페트병 소주를 들이켰다
매캐해진 별들의 운행 기록을 뒤져보았다


간신히 시동이 걸린 세렉스*도
후미등을 켜고 내처 달아올랐다


* 농업용 사륜 트럭.

# 계단

고양이가 항문을 핥았다
허리보조기를 찬 남자가 담배를 피웠다
가래침을 뱉고 코를 풀었다 은행나무 그늘이
러닝셔츠 차림으로 서성거렸다 검지 중지를 대고
목 아래 살을 문질렀다
목 아래 살이 벌겋게 번졌다
드디어 때가 밀리기 시작했다
스쿠터를 탄 배달원이 신호에 걸렸다
아스팔트에 플라스틱가방을 내려놓고
선글라스 낀 긴 머리 여자를 쳐다보았다
목이 돌아가고 어깨가 돌아가고 허리가 돌아갔다
엉덩이를 들자 경적이 울렸다 미니트럭 짐칸에서
찰옥수수를 쪄 파는 여자가 수증기 찬 비닐봉지를
내밀었다
　지나가는 사람들 앞으로 내밀었다 LA 다저스 류현
진이 빌딩
　옥상 전광판에서 선글라스를 끼고 몸을 풀었다
　고양이가 누웠다 일어나 항문을 핥았다

허리보조기를 조인 남자가
안으로 손가락을 집어넣었다
류현진이 고개를 끄떡거렸다
류현진이 와인드업을 하였다
어깨에 생수통 둘을 짊어진 남자가
바닥을 채면서 뛰어올랐다

# 철제계단 난간 손잡이

덤프트럭이 자갈을 부리는 소리가 쏟아졌다
북쪽 화단 벽에 기대어 살던 라일락 군락이
선물 받은 불란서 향수를 겨드랑이에 꼽쳐두었다
십 년 만에 소식이 닿았다는 전갈이 도착했다
열쇠를 바꾼 대문의 쇠창살이
시집갔다 온 여자의 몸을 등분하고
고지서와 찌라시 독촉장이 혀를 빼물었다
우유주머니의 열쇠는 목구멍에 막혔다
천국장의사 주인은 안 팔리는
저급한 관에 누워 다리를 꼬았다
하품을 하고 전자담배를 빨고
만화책을 덮고 잠들었다
초인종은 빗물을 먹고 감전시켰다
빗물받이 통 근처에 똥을 싸고
팔자 늘어지게 자빠져 자던 찡코*들
한꺼번에 철제계단을 뛰어 내려갔다
그때마다 덤프트럭이 부리는 자갈이
쏟아졌다 철제계단 난간 손잡이를 잡고

여자는 울고불고 손 안 대고 코를 풀었다

우그려 막은 라일락 향수병들

꿈꿀 때마다 여자의 전남편 복부에도

王 자가 새겨졌다 창살을 잡고 대문을 흔드는

소리와 시집갔다 온 여자의 부름이 들렸다

개들은 여자의 대문 밖 환상을 향해 뛰어올랐고

너무 오래 열린 여자의 입을 향해 마개가 달려들
었다

으스러지게 잡은 철제계단 난간 손잡이

라일락꽃 그림자들 쇠가 벗겨져 있었다


\* 옛날에 키운 개들 이름.

# 백사(白蛇)


강변북로를 따라 거북이운행을 한다
화염에 싸인 아스팔트를 달리는 흰 차선
검정색 승용차 범퍼를 타고 기어올라
트렁크 속으로 끊어져 들어간다
목적지도 가물거리는 여름 한낮
밀짚모자를 쓴 인부들이 도로변에서
예초기 칼날을 휘두른다
문을 닫아도 풀 비린내가 그득해
실눈을 뜨고 앞을 바라보게 된다
검정색 범퍼를 타고 오르는 건
차선이 아닐지도 모른다, 풀밭에서
쫓겨난 백사일지도 모른다
겨울 눈밭을 긴다는 백사가
트렁크에 그득 차서 뒤축이
조금씩 내려앉는 것이다
조그만 트렁크 틈을 벌리고
간신히 들어간 백사가
한 가마니쯤 꿈틀거리는 것이다

에어컨 물을 질질 홀리면서 무거워지는
트렁크의 백사 무게를 견디는 것이다

# 외딴집

늦은 꽃을 피워 서둘러 열매를 맺은 대추나무
아래 걸린 양은솥뚜껑 둘레에 물방울들이
주렁주렁 열린다 장작 연기와 수증기가 윤이 나는
풋대추를 문지르고 대추나무 주름을 더듬고
이파리를 간질이고 서로 어울려 먼 길을 떠난다
할아버지가 짐자전거 찜통에 얻어온 가든 음식물
찌꺼기
푹푹 끓어 넘쳐 양은솥 둘레에 개죽 국물이 타들
어간다
양은솥 안 수없이 피고 지는 보조개 자국
개죽 냄새가 식으면 늘어진 젖을 들고 일어난 어
미 개가
고개를 들고 짖을 것이다 자라지 않은 꼬리를 흔
들며
강아지들이 양은솥 주위를 돌고 또 돌 것이다
양은솥 아궁이 불씨가 지기도 전에 할아버지
눈길로 이어진 별들이 흩어져
외딴집 하늘에 돋을 것이다

## 드르니항

물 빠진 개펄에 조새를 든 여인들이
굴 버캐를 쪼면서 흩어진다
녹이 쪼아 먹는 중인 모래의 철제의자에 의탁해
식은 팥죽을 떠먹는 여인의 입이 즙액을 짜낸다
김이 자라지 않는 보온도시락 통에서
힘겹게 일회용 순갈을 빼내는 여인의 목이 틀어진다
좌우로 떨리는 일회용 순갈을 움켜쥔 왼 손목을
잡고
간신히 일회용 순갈을 들어 올리는 오른손은
입이 제자리로 돌아와 열릴 때까지 같이 떨리면서
여인의 입에 살얼음이 끼기 시작한 팥죽을 밀어
넣는다
밀물 저편의 부표를 희롱하는 너울들이
고개를 튼 여인의 흰자위에 가득 차고
샌드위치 패널 건물 신축 공사장에서 기어 나온
스티로폼 알갱이들
잘못 들어선 막다른 길을 향해 뺑뺑이 돌면서 흩
어진다

# 생강

집 근처로 우사(牛舍)와
돈사(豚舍)를 끌어들인 그가
폐암에 걸려 말라가는 중이었다

담배밭머리 감나무에 올라가
가지 사이에 가랑이를 끼우고
피리를 불던 그가 왼 손바닥에
피리를 쳐대는 한여름 밤이었다

발정 난 고양이가 울었다
달의 표면을 본뜨지 못한
담뱃잎이 익어가고 있었다

그의 피리 연주는 주변을 떠돌다
사라지는 담배 연기였다가 밭은기침이었다가
한여름 하우스의 열풍이 되기도 했던 것

복숭아밭에 들어가 엉덩이를 까고

오줌 누고 나오는 마누라도
한동안 잊어야 할 참이었다
보지 못한 귀신의 손을 잡고
밤이슬을 털어야 할 참이었다

몇 두둑의 생강이 휘어진 모래밭에서
매운맛을 긁어모으고 있었다
물봉선화 핀 밭둑 낙엽송 그림자로 누운
그가 숨 가쁜 피리 독주를 잇는
한여름 달밤이었다

그가 없어도 마누라는 시장 바닥
그 자리에 앉아
낯선 얼굴들 둘러보면서
생강을 팔고 있을 것이다

# 서대마을*에서


백 년을 넘긴 대추나무가
서쪽으로 기우는 달밤입니다
수평으로 퍼지다 직각으로 올라간
얼마 되지 않은 대추나무 가지에도
이른 메밀꽃처럼 꽃이 핀 달밤입니다
훤히 뚫린 개집 안 더 아픈 강아지가
끈질기게 앓는 강아지의 등에 바짝 붙어
흰 털을 핥으며 실눈을 빗뜨는 달밤입니다


* 경기도 가평군 소재 마을.

제2부

# 산길

간신히 몸을 추스른 노인은
산길을 내려간 부인을 찾아
움막을 나섰다

눈에 찍힌 새 발자국
산길을 가로질러
골짜기로 내려갔다

몸은 하나였지만
갈 곳은 여섯 갈래
여덟 갈래로 벌어졌다

혼자 내려간 눈길의 사람 발자국
얼음이 풀린 발자국에 눈물이 고였다

# 눈길

질경이꽃이 피기
한참 전의 일이었습니다

질경이씨를 훑어
기름을 짜 마시면
영(靈)까지 보인다고 했습니다

눈을 깎으며
불어가는 바람 소리 중간에
억새들이 머금은 빛을 짜내고 있었습니다

눈을 떨어뜨리는
아름드리 낙엽송들이 늘어서 있었습니다
아득한 눈길에 흘린 낙엽송들의 발자국은
당신의 배꼽 같았습니다

# 오디가 익을 무렵

밥상머리에 앉아 혼날 때 뜸부기가 끼어들었다
젓가락으로 마루 골을 팔 때 소쩍새가 끼어들었다
모기가 문 팔에 눈물 한 방울 찍어 바를 때
수숫대울타리 벌어져 논배미가 머금은 푸른빛이
었다

젖먹이들에게 젖을 빨리는 암캐는
마루 밑 묵은 먼지 냄새를 맡았다
초승달에서 나는 개떡 냄새를 맡았다

물 찬 장화를 신은 원순이 형이 저수지부터
자갈 징검다리를 밟으며 걸어왔다 비린내 나는
풀 짐을 지고 혀를 빼물고 고개 숙이고
수숫대울타리를 지나 숨 고르기 좋은 오디밭머리
망초밭에 누워 은하수담배 연기를 날렸다

젖먹이 둘을 남기고 떠난 마누라 생각이 차올라
공갈 젖꼭지 설익은 오디 몇 알 따 혀끝에 문질렀다
밥 지은 연기 낮게 깔린 골짜기 하늘을 담았다

# 벽난로


이 잠망경은 맹지(盲地)로 가는 유일한 통로였다
어젯밤 타이핑한 까마귀들을 불쏘시개로
새벽의 암사슴 짧은 입김을 모시러 가는 소각장이
었다
맹지로 진입한 대추나무 가지들은
서쪽으로 퍼져나가 소각 연기의 잎맥이 되기도
했다

함박눈이 내릴 때 암사슴의 눈망울을 바라보며
잠망경이 갈겨쓴 글귀들은 수천 겹 한지에 투신
했다
새벽이 지나고 들깨 껍질을 뒤지는
멧비둘기들의 등에는 올라타지 않았다
뭉툭한 부리를 성가시게 굴지도 않았다

오늘 밤엔 앨범을 뒤져 오려낸 사진의 저쪽 면을
내일 밤엔 가위 자국을 불살라야지 이 잠망경은
맹지를 걸어간 발자국을 탐구하는 일에 목주름을

늘리고

　벌목한 야산을 배회하다 북한강 물안개를 들어 올
리기도 하겠지

　오늘 밤에는 하늘이 맹지에 달라붙는 일은 일어나
지 않겠지

## 서리가 비늘을 반짝일 때

초승달이 옥상의 기울기를 측정하는 동안 라이터 돌 불티를 튀기며 멀어지는 비행기 불빛들 콘크리트 모래에 섞인 금속과 눈이 맞아 떨어진다 쓰러진 화분에서 모래가 되지 못한 흙들이 쏟아져 라이터 불티를 튀기며 얼어간다 날아가려는 해국 솜털 씨앗에서 서리가 비늘을 반짝인다 그대가 저 달의 각도를 볼 리 없다

선버너를 끼고 나온 건너편 옥탑방 사내가 점퍼를 벌리고 물방울 달린 코펠 밑에 라이터 불을 붙인다

라면을 쪼개는 동안 그대가 저 달을 볼 리 없다 해국 솜털 씨앗을 비늘로 감싸고 서리가 반짝인다 해국 잎에서 꿀벌을 녹여 먹던 사마귀 늙어 죽은 사마귀의 후생과 만난다

# 목화

소파테이블의 목화 두 송이를 손아귀에 나눠 쥐고
저울을 맞추고 있으면 눈보라 치는 골목의 커브길
볼록거울을 돌아오는 당신의 발소리가 커지고
태양광 정원등이 켜지고 목조계단 앞에 이르러
안에 짚을 깐 장화를 털어내는 소리가 들렸지요

첫 꽃을 피운 자두 한 발 앞에 두둑을 만들고
목화씨를 묻은 날부터 발소리를 숨기고
조종천*이 피운 물안개와 그때는 가혹했던
당신이 한 말들을 삼켰지요

금방 지는 줄 몰랐던 목화가 피고 졌지요
광목 앞치마에 목화를 따 오는 당신의 집
노을이 다녀가는 마당에서 때꾸**들이
흰 모가지 급소를 내놓고 울어댔지요


    * 경기도 가평군 소재 하천.
  ** 거위의 충청 방언.

## 장독 깨지다

　가뭄의 연못에서 양동이에 퍼온 가물치를 넣어두
었다 아랫동네 남자가 찾아와 집에서 키운다는 토종
닭 얘기를 흘렸다 기미 낀 마누라 얼굴을 보기 민망
한 아랫동네 남자는 오래전에 자궁을 들어낸 마누라
얘기를 덧붙여 넣었다 기럭지가 긴 가물치는 장독에
서 곤두선 채 흙염을 뱉었다 계곡에서 끌어온 수돗
물을 채워줘도 몸부림을 멈추지 않았다 집을 비운
사이 아랫동네 남자가 가물치를 양파 망에 우그려
트럭 짐칸에 싣고 떠났다 장독 물을 비운 아랫동네
남자가 날개 묶인 수탉을 넣어두었다 수탉의 몸부림
이 장독을 마당에 쓰러뜨리고 경사 아래로 굴리고
굴렸다 수탉은 방향 감각을 잃고 장독을 파고들었다

# 들깨를 터는 저녁

구장네 아줌마 둘이서 머리끄덩이를 잡고
들깨를 턴 포장에서 뒹굴었다
서로의 어깨를 잡고 흐느껴 울었다
누레진 들깨 토매를 털듯이
서로의 어깨를 두드렸다
뒷산의 멧비둘기가 시원하게 속을 긁었다
벌써부터 구장의 프라이드 베타가
산모롱이에 정차해 있었다

아줌마 둘이서 바람을 등지고
들깨를 까부르는 소리 키로 쏟아졌다
티끌 하나 없이 흡혈하는 하늘
들깨를 턴 냄새가 스며들었다

# 전신거울


쌍둥이지 싶은 중견 두 마리
공터에서 달음박질하였다
길게 뺀 꼬리가 방향키 역할을 하였다
쭉 내민 머리가 굴착기 역할을 하였다
쭉 뻗은 앞다리 앞으로 뒷다리가
계속 앞서 나갔다
추월한 뒷다리를 추월하는 앞다리
꼽추 등이 솟았다가 가라앉았다
꼬리를 향해 갈기가 세워졌다
앞선 중견 뒤꽁무니를 따라 치달리는
뒤선 중견 입가 끈적한 침이 휘둘렸다
공터 담에 세워진 마름모꼴 거울
햇빛을 몰아냈다 중견 두 마리 공터에서
속 빈 실뭉당이를 감았다 앞선 중견 마름모꼴
거울을 향해 줄달음질 쳤다
입이 벌린 중견 머리가
거울을 향해 줄달음질 쳤다
앞다리를 뒤로 빼고 뒷다리를 앞세운 중견

거울에 비친 괴물에 놀란 중견

꼬리를 바닥에 붙이고 급브레이크를 잡았다

뒤선 중견 앞선 중견을 타고 넘어 패대기쳐졌다

급브레이크 잡은 중견 거울을 빠져나오지 못했다

패대기쳐진 중견 일어나 거울에 홀린 중견을 쳐다

보았다

# 봐라 달이 뒤를 쫓는다*

양파 망을 뒤집어쓴 수수들이 늘어진 강변을 돌자
비가림 포도밭이었다 전원주택단지 분양 플래카드
가로등과 수제막국숫집 간판기둥을 잡고 구멍 세
개로 토시를 끼고
절개지(切開地) 아래 모래흙을 길어 사금(砂金) 패
닝 접시를 돌리고 있었다
이 사람아, 이 사람들아, 왜 공원묘지로 가는 디딤
돌에 철퍼덕 앉은 것인가
이 사람아, 여기가 정원으로 가는 초입이라네 내
세의 정원은 낮달을 매달고
남향으로 석축을 쌓아 달빛을 기와지붕으로 걸린
다네 저 용마루를 보시게나
까마귀가 긁은 복(福)자가 어떤 미로보다 아름답
지 않은가 까—마귀들이 날아간 미로가
밤이 되면 금광의 갱도로 변한다네 아버지들은 무
너진 갱도에서 나와 술 취해 돌아오고
낮달이 지나간 길에는 간드레 불이 흔들린다네 여
전히 낮달이 지나간 길을 달린다네

머플러에서 불씨가 떨어지는 81년산 할리데이비
슨, 오늘 밤에는 절벽이 없는

백 년 후 메타세쿼이아 가로수 길로 우리를 데려
가주게

아침고요수목원 골짜기에 일인용 텐트를 치고 뻐
드러지게

포개지는 잠을 자고 싶네 서리 맞은 달맞이꽃 흠
향(歆饗)하고 싶네


\* 마루야마 겐지의 소설.

# 이제 다시는 동두천에 가지 못하네
— 故 소백암

툇마루에 앉아 소주를 받아 마신다
쭈글탱이 밤송이 달린 밤나무 가지
여기가 세상의 유일한 중심이라
어지럽고, 눈이 빠지도록 기침이 나오네
팔다리가 떨어진 구름 머리가 떨어진 구름
허리가 떨어진 구름 입이 막힌 구름
침을 삼키네

정상이 되기를 포기하면
아픔이 사라지는 이상한 밤이 찾아오지
각자의 간격을 침범하지 않는 구름들이
서로의 기억에 경계를 구분 짓고
머물러왔지
과거의 달과 현재의 달이 만나
후광을 만들어내지

결들이 사라진 밤 나이테 한 판을 들고
당신이 목욕탕 타일에서 미끄러져

나를 눈여겨보지

밤나무 밑동에서 이끼가 두터워지고
당신은 눈을 마주치지
여긴 벌써 잊어버린 기억이라고
당신만 정상으로 돌아가면
이삿짐 정리 끝난 거라고
이제는 온전한 상태를 찾아 떠난다고

야하게 화장한 당신이 담뱃불을 붙이네
슬리퍼를 끌고 나가 복숭아꽃 핀
옛날의 수돗가 자갈밭에 오줌을 지르네

올해의 복숭아꽃잎은
당신의 입에서 뿜어 나온
신맛 나는 당신의 화석일지도 모르고

# 가뭄

물똥을 싸는 염소에게 우윳병을 물린 남자가 파리채를 들어 염소에게 붙은 파리를 절도 있게 내리친다 방금 방목장에서 데려온 이 녀석은 어미도 기진 맥진해설라무네 엎드려 울 힘도 없더라구 그래도 우윳병을 물리니 고개를 조금 들더라구 우윳병을 물려 키운 염소들은 사람에게 다가와 다리를 치받고 가슴께로 뛰어오른다 목에 표식 줄을 묶은 녀석들은 그늘의 풀을 뜯고 뒷다리를 들어 가려운 곳을 발톱으로 긁는다 파리들도 그중 아픈 녀석에게 집중적으로 꼬이더라구 움직임이 없어야 구더기를 까놓기 좋은 모양이지 염소가 우유를 다 빨고 그늘에 머리를 붙이고 눕는다 숨 쉬는 간격이 빨라지더니 이제는 울음소리도 새어 나온다 남자는 일어서려고 바둥거리는 염소의 배 밑에 손바닥을 넣어 살짝 들어준다 꼬리를 흔들며 일어난 염소가 네 발로 버팅겨 서서 후들거린다 간신히 꼬리에 묻은 물똥을 흔들면서 잔디를 비벼 말린 불볕의 풀밭으로 발걸음을 옮긴다

# 달이 보이는 잠깐

움튼 싹눈만으로도 충분히 아픈 은행나무가 수직
에서 수평으로 가지들을 내려놓으며 앙상한 부챗살
을 펼친다 빌라 옥상 입구 천장에 달린 센서 등을 켰
다 꺼버린다 다시 그림자를 휘저으며 보도블록을 걷
고 시멘트에 금과 주름을 남기며 바람의 반대 방향
으로 전력질주한다

오늘도 빌라 난간에 망원경을 들고 나온 늙수그레
한 남자가 입김을 날리는 중이다 확장된 달과의 왕
복 거리를 재보는 중이다

먼 곳의 눈발은 여전히 느려터지고 가까운 곳으로
빠르게 달려드는 중이다

한쪽 다리를 들고 떨면서 오줌을 지린 버림받은 개
한 마리 제자리로 돌아와 바닥을 긁어대는 중이다

## 모종삽을 들고


모종삽을 들고 그녀를 따라가지 못했다
검은 비닐봉지를 들고 개운산을 오르는
그녀를 따라잡지 못했다

대문 밑으로 봄바람이 들이닥치고
굳기 전에 털이 잔뜩 붙어 당긴
엿 덩어리가 골목에서 사라진 지 오래였다

시커먼 얼음덩이에서 자빠져 금이 간 골반
얼음덩이를 구둣발로 훑어 내리고
훑어 올리던 남자가 사라진 지 오래였다

고양이가 화단에서 나와
완만한 경사 시멘트 마당 햇볕을 말았다
흰 털이 둘린 발을 들고
한나절을 뒹굴었다

일주일이면 돌아온다던 고양이

대문 밑으로 내보내는 게 아니었다
상처 입고 약 먹고 들어온 고양이
검은 비닐봉지에 모종삽을 쑤셔 넣고
그녀가 개운산 중턱으로 떠났다

검은 비닐봉지 택배 박스를 내려놓고
자갈을 파내는 소리 상처 입고 약 먹은
마지막 모습 낙엽에 덮어버리는 장면
모종삽을 들고 따라가보지 못했다

# 재봉틀 발판을 베고 잤다


우물에 빠진 자두를 건지려다 발목만 남았다
짓무르기 전에 자두를 건지려다
물구나무서서 흙탕물이 되었다

몇 차례 우물물이 흘러넘치고
입으로 깐 공기 방울들은
암탉의 알집에 슨 알들처럼
핏물에 싸였다

잘못 들인 숨을 뱉을 때마다
입에 넣어 헹군 알들이 줄줄이 새어 나왔다
참붕어가 입을 벌리고 찰진 배를 뒤집어 깠다
마루판때기 옹이 동공은 ㄴ자로 내려간
생강 저장 동굴의 모래를 헤집어
금속의 빛들을 긁어모았다

누군가 흙탕물에서 눈을 감고
쇠절구에 풋고추와 마늘을 찧었고


64

양은대야 바닥에 패대기쳐진 양념들이
눈 코 입으로 흘러들었다

물때 낀 자두 살 찢긴 부위가 벌어져
한 바퀴를 돌았을 때, 할아버지는 우물에 깊이
곰방대를 찔러 넣고 샘솟는 물을 들이켰다
할아버지를 이해하기 위해 재봉틀 발판을
아무리 빨리 돌려도 끊긴 가죽피대는 연결되지 않
았다

내 발목은 우물에서 나와 흘러갔고
내 몸은 우물에서 뽑히지 않았다

# 달개비

　　무릎 수술을 한 여자가 고무대야를 이고 언덕을
올랐다 고구마 순이 물먹은 밭고랑으로 굴렀다 그
여자를 따라간 경운기 바퀴 고랑에 질경이꽃이 씨를
받았다 그녀의 목줄기를 물어뜯은 기침 소리 들렸다
참나무 가지에서 꼬아지는 꾀꼬리 둥지 높아지지 않
았다 목매달아 죽은 백오 세 노모를 잊은 남자가 중
탕 찌꺼기를 묵정밭에 내고 손뼉을 쳐 까마귀를 쫓
았다 호미를 들고 회화나무 밑동 둘레 달개비 뿌리
를 캐내던 노모는 아랫집에 사는 작은아들 내외를
외면했다 달개비를 캐낸 자리에 뗏장을 입히고 밟았
다 달개비들이 뗏장을 열고 나왔다 빗물 고인 풀장
의 하늘은 수술 없이 파랬다

# 사월의 눈

여기까지 어떻게 왔는지
여기까지 오는 동안
우리들 간은 몇 개씩 녹아났는지

# 뒤뜰에 무화과

쫌매놓은 커튼이 풀리더니
포화 상태가 되더라
누군가 머리를 들이밀고
뛰어들 것만 같더라
죄지은 사람들 얼굴이
그려지고 있더라

가슴이 쪼만해져
조잡한 벽지에 붙은
껌딱지가 되어 굳어가더라

커튼이 날아오르고
비바람 몰아치는 창밖을 보았더니
뒤틀린 무화과나무가 서 있더라
번갯불에 열매가 벌어지고 있더라

붉고 얇은 남방을 쫌매 입은
긴 머리 소녀가 울고 있더라

오빠, 그냥 불러봤어요……

쪼매 벌어진 입을 가리고 웃던 깜부기
열여덟 살 소녀가 혀를 빼물고 돌아서더라

# 메꽃

비닐하우스,
코어 합판 문짝 옆댕이
두 겹 비닐 안에 메꽃들이 붙었다
불룩한 줄기와 이파리를 비집고
창문에 입술을 밀착시켰다

흙에서 올라온 수증기가 끼었다
사라졌다 다시 끼기를 반복했다

할아버지와 둘이 살던 소녀는
반만 벙어리였다
한쪽 날개를 늘어뜨린 칠면조가
비닐하우스, 졸라맨 갈빗대 속을
느릿느릿 희미하게 걷고 있었다

어느 날부터인가,
소녀는 창문에 붙어 당겨
코로 숨을 쉬기 시작했다

# 팬지

동남아 이주 여성이지 싶은
아기 엄마가 역사(驛舍) 앞 길쭉한
팬지 화분을 물끄러미 바라본다

포대기에 감싸 안은 갓난아기가
나를 보고 웃는다, 포대기에서
빠져나온 갓난아기 양말을
건너편 할머니가 감싸 쥔다

내 얼굴을 쳐다본 아기 엄마가
아기 얼굴을 포대기로 가려버린다
돌아앉을 자리가 없는 벤치에서
일어난 아기 엄마가 등을 돌린다

뒤꿈치를 들고
손깍지를 낀 아기 엄마 입술들
하염없이 떨리면서 지나간다

# 삐비꽃

정미소에서 뛰쳐나온 여자는
연못에서 치솟아 전깃줄에 감긴
폐비닐을 갈기는 바람을 거슬러
옷가지를 끌어안고 도망쳤다

고압 펌프와 인젝터가
고장 난 디젤승용차 심하게 떨렸다
DPF가 고장 난 디젤승용차
정해진 속도까지 도달하지 못했다

태워버릴 수 없는
매연 찌꺼기 여자는
손수건에 싸온 하모니카를
연못 둑에서 풀러 불었다

연못 둑에서 무릎을 세우고
얼굴을 묻고 우는 자세로
여자는 하모니카를 불었다

제3부

# 오리들은 왜 머리를 뒤로 돌리고 자는가

고무대야의 얼음을 엎어놨는데
오리들이 얼음을 차지하고 잠이 들었다
오리들은 머리를 뒤로 돌리고
안간힘으로 발바닥을 벌린 채 잠이 들었다

오리 우리에는 지붕이 없는데
오리들은 동시에 날개를 펼칠 공간이 협소한 것이다
영양탕집 담벼락을 벗어나지 못하는 것이다

양은솥단지 위장을 움츠리고
오리들은 머리를 뒤로 돌리고 자는 것이다
아침이면 고무장갑을 낀 여주인이 피아노를 전공
한 여주인이
양은솥단지에 잡탕을 쏟아부을 것이다

고무장갑 손가락 부리를 모은
오리들은 머리를 뒤로 돌리고
실펑크 하나 없는 잠을 자는 것이다

# 탱자꽃

언젠가
어미를 파먹는 수리부엉이 새끼를 지켜보았다

아득한 탱자나무 꽃봉오리들 벌어졌다
참새도 박새도 딱새도 노랑턱멧새도
겨우내 들락거린 탱자나무 울타리에
검은 비닐과 흰 비닐이 말려 바동거렸다

아이들은 갯일 나간 어른들을 기다렸다
퇴역한 트럭 짐칸에 올라가
젖을 뗀 강아지를 데리고 놀았다
서로 입 맞추고 목마를 태우고 놀았다

강아지를 안은 아이들이
트럭 짐칸 바닥에 눕자
안절부절 트럭 주위를 돌던 어미 개 발바리
짐칸 높이로 뛰어올랐다

어미 개 발바리 가쁜 숨소리, 앓는 소리만
탱자나무 울타리 가시를 에둘러 비껴 나왔다

# 배알미동*

트렁크에 싣고 온 이불때기와 옷가지를 태우는
짙은 연기 불기둥이 구름으로 이어졌다 여자는
멀찍이 떨어져 곰팡이 슨 베개를 깔고 앉았다
통증을 모시고 살기 위해 밤새 꼬집어 비튼
허벅지에다 손바닥을 올려놓았다
선글라스를 낀 남자는 부지깽이로
이불때기와 옷가지를 들추고 있었다
여자를 돌아볼 때에도 남자의 입은
연기와 불기운 때문에 열리지 않았다
개복숭아들 물가로 기울어 꽃을 피웠다
입을 벌리고 주먹을 쥔 여자가 눈을 비볐다
밤새 부른 이름 얼굴이 떠오르지 않았다


* 경기도 하남시 배알미동.

# 의자


그늘막 아래 목조 의자 하나,

그는 하루 종일 거기 앉아 바다를 바라보았다

거품을 몰고 파도가 밀려와 바위의 금을 때리고

흙 부스러기들이, 절벽의 소나무 뿌리에서 흘러
내렸다

늘어진 하품을 하거나 고개를 돌려 항구를 바라보
는 일은

그의 몫이 아니었으므로, 그는 묵묵히 블라디보스
토크 쪽

바다를 바라보는 일에 열중했다 푸른 가지가 꺾여
시들어가도

그는 관심을 두지 않았다 하물며 그는 지팡이까지
떨어뜨렸다

그러자 그의 허리가 펴지는 것이었다 내가 어쩌다
이렇게까지

되었을까 내가 왜 이 모양이 되었을까 절벽 아래
질퍽거리던

보리밭이 보이지 않았다

## 염소 방목장

사료 도둑 까마귀 한 마리가 수유실에 들어갔다
새끼 염소 두 마리는 눈을 뜨고 있었다
까마귀는 새끼 염소 눈을 파먹었다
까마귀 몇 마리가 수유실로 들어가
쓰러진 새끼 염소 항문을 통해
식지 않은 내장을 파먹었다

하루해가 가기 전에 대사집에서 돌아온 주인은
새끼 염소를 오동나무 밑에 파묻었다 다음 날부터
염소 방목장 오동나무 가지에 목매달린 까마귀들이
열리기 시작했다

까치 한 마리가 꽃 피고 잎 나는
오동나무를 바라보는 동안 마지막 사료 도둑
까마귀 두 마리가 염소 방목장으로 날아들었다

어미 울음이 잦아든 한낮이었다

젖을 뗀 새끼들이 어미 뒤를 따라
황토 먼지를 피워 올렸다 곡풍(谷風)이 불어와
짧은 꼬리 흔들리는 울음소리와 분봉(分蜂)하는
황토 먼지들을 산등성이로 밀어붙였다

# 사과꽃

뗏장을 새로 입힌 무덤 몇 기
황토가 드러난 무덤 앞에서
아비 손을 이끌고 내려온 여자아이가
카니발 주위에 흩어진 사과꽃을 줍는다

사과꽃은 나비가 된댔어
아무도 보지 않을 때
나비가 되어 날아간댔어

고개를 돌리는 아비 얼굴을
요리조리 따라다니는 아이
엄마 말이 맞지?

아빠 목에 팔을 두르고
손깍지를 낀 아이가
또 묻는다

시들기 전에 나비가 되어

아무도 모르는 곳으로 날아간댔어
아빠, 엄마 말이 맞지?

떨어진 사과꽃 몇 개
손바닥에 올려놓은 나를 바라본 아이
아비 품에 안겨 떨어질 줄을 모른다

# 타조

저물기 전에 돌아가는 행락객들
늦가을 휴일 곰나루 잔디들도
어떻게든 일어나보려고 꿈틀대는 것이다
꿰이지 않는 이슬을 들고 허둥대는 것이다
은박돗자리를 털면서 타조를 생각하는
당신의 눈동자를 바라보는 것이다
뒤돌아서 도망치고 싶은
당신의 동공을 바라보는 것이다
타조의 눈에는 은박돗자리에 담긴 햇빛이
사막의 모래 알갱이로 보이는 것이다
당신의 동공 끝 꽃게알의 우물 둘레에서
은박돗자리 구겨진 금들이 넘실대는 것이다

# 차광막

찬우물 도랑 웅덩이에 몰린 올챙이들이
미끄러운 흙에 배때기를 문대는 올챙이들이
뒷다리가 자라지 않는 올챙이들이
떼에 몰려 물 밖으로 밀려나는 올챙이들이
앞다리가 나오지 않는 올챙이들이
웅덩이를 납작하게 밀면서 바글거린다

풍로를 돌려 왕겨를 때는 노인이
고개를 돌리고 담배를 이어 붙인다
노인의 입가에 묻은 겔포스 액이
바싹 말라 갈라진다 양은솥단지와
떡시루 틈을 틀어막은 쌀가루 반죽이
갈라지고 떨어져 팔팔 끓는 물의 김이
차광막을 둘러업고 뛰어가면서
가까스로 불볕의 지상을 벗어난다

# 과수원

방에서 기르던 개들을 내다 묻었다
개천의 돌을 옮겨 와 탑을 쌓았다
과수원 돌을 골라내 울타리를 둘렀다
손바닥에 마른침을 뱉어 쥐고
곡괭이를 높이 들어 올렸다
기침이 쏟아지기 전에 곡괭이
양쪽 날에 태양을 점화시켰다
거름 줄 구덩이를 파면서
수목장(樹木葬) 둘레를 염두에 두었다
과수(果樹)들 뿌리는 가지 뻗은 만큼 퍼진다
언젠가 구덩이를 파면서 아비가 말했다
곡괭이 날에 부딪힌 자갈이 스파크를 일으켰다
골짜기 이쪽저쪽 무덤을 오가면서
말을 주고받는 메아리 말문이 트였다

# 용광로

떼는 응달에서 솟구친다
태양전지판 등에 지고
풀을 뽑는다
그전이나 지금이나
싹바가지 없으므로
경사진 마당의 풀을 뽑는다
자책하는 동안
저지른 만큼 소유하는 자가 된다
당신들을 마당에 묻고
자책하는 자가 된다
풀 한 포기 없는 봉분이 되어
떼를 밟고 떼의 풀을 뽑아 쥐는 자가 된다
서쪽으로 기운 대추나무 꽃들이
자잘한 벌들을 끌어들여
품고 뱉기를 반복하는 여름 한낮
시든 풀의 무게로 가벼워진 자가 된다
입을 다물지 못하는 자가 된다
독거의 낮달을 바라보는 자가 된다

# 겹삼잎국화 한 묶음

꿈틀거리는 암탉의 날개와 다리를 밟고
모가지를 비틀어 잡았다
꿈틀거리며 숨이 차올랐다
한데 묶인 겹삼잎국화들이
서로 상관 없이 고개 숙이고
딴전을 피웠다
프라이팬을 들고 온 여자가
닭장 울타리 기둥에 대고
마른 잡채를 털어버렸다
머지않아 구석으로 몰린 닭들이
고개를 갸웃거리며 장맛비 지난
마른 잡채 맛을 보러 올 것이다

# 배꽃

갓길에 차를 세운 남자가 동승석 문을 열고 오줌
을 눈다 핸드폰을 든 여자가 남자의 오줌 줄기를 곁
눈질한다 언덕의 배꽃 만발한 과수원 아래 냉이들이
꽃을 바르르 떤다 나비와 벌들이 앉았다 날기를 반
복한다 공기의 저항을 뚫고 고속도로를 달리는 차들
의 비명──동승석 문이 닫힌다 라이터 불을 켜 담배
에 붙인 남자가 선글라스를 마빡 위로 밀어올리고
배꽃 다발을 바라본다 담뱃재가 휘어져 떨어지고 필
터를 태우다 불똥이 떨어져 꺼진다 배막의 비닐창이
안으로 바짝 붙어 당겨졌다 떨어진다 노랗고 얇은
장화를 신은 노인이 배나무 가지에 걸린 카세트 볼
륨을 최대로 올린다 배꽃들이 머금은 빗물이 몸통을
타고 흐르기도 한다

# 백사장

아까시 이파리들이 흩날리는 커튼의 무늬였다가
빠르게 야영지로 몰려가는 펄콩게가 되었다
철조망에 걸린 그물을 잡아끈 납덩이들
모래바람에 질질 끌려 돌아다녔다

생소한 여자가 모래바람 저편에서
등장해서 펄럭였다
찢긴 책장들이 모래사장을 어지럽혔다

오픈카를 타고 온 남녀가 오픈카에서
삼십 분째 타액을 버무리는 동안에도
태양은 구름의 경계 저편에서 술잔을 들이켰다
어디든 현재의 모래들은 가볍게 날아올라
목책과 바다와 수평선의 경계를 허물었다

구멍이란 구멍은 다 찾아다니는 모래가루
하루 종일 무얼 쑤시고 다녔지
생소한 여자가 얼빠진 얼굴로 울었다

씨줄 날줄이 빠지는 깃발 그림자들
엿기름 냄새를 맡은 민박집 입간판
싸대기를 올려붙였다

갯고둥 번데기로 배를 채운 관광버스
새로 깔린 주차장 폐석을 뭉개고 자동문을 닫았다
간이 화장실 문이 열렸다 닫힐 때마다
횟집 유리창에 놀란 태양이 박살 났다

# 피정의 집

그녀들은 깨밭을 나는 반딧불에게서
수십 년 전 촛불 몇 자루 빌려와
마리아상 등을 향해 기도를 올렸다

흔들리는 치아를 혀로 밀쳐내면서
스스로 쓰러지지도 못하는 산뽕나무가
미생물의 먹이가 되는 것을 지켜보았다

껍질이 벗겨지는 산뽕나무가
정강이를 걷어 올릴 때까지
바람의 기도는 손을 비비고
절박할 때에만 손깍지를 끼우고
뿌리를 흔드는 것이었다

산뽕나무는
시냇물의 기도 소리를 잠깐 덮어두려는 것이었다
너덜거리는 보온 덮개 같은 그늘을
울퉁불퉁한 바위 밑에 깔아두었다

한꺼번에 포기할 수도 없는
산뽕나무가 허물어지고 있었다
그녀들의 못다 한 기도를
홍수로 드러난 뿌리의 촛농에 담았다
보(洑)까지 이어지는 시냇물에 풀어놓았다

# 칡즙

봄비가 내렸다
상가까지 깔린
볏짚을 밟으며
생전의 고인을 만났다

툇마루에 걸터앉은 그이는
아리고 아린 생칡을 씹고 있었다

볏짚을 밟으면
물컹한 칡즙이 올라와
그이의 입가에서 흘러내렸다

그이는 피난민이었고
젊은 부인을 두고 왔지만
일찍이 사진을 찢고 살았다

어느 해 모내기 철이었다
그이는 힘없이

물컹한 논바닥에 모를 꽂았다
그이의 옆얼굴을 보면서
아줌마가 농을 걸었다

아저씨는 참말로, 여자랑 잔 적 없지요?

그이는 묵묵부답
힘을 실어 모를 꽂았다
홀아비의 벽장을 열어보았다

그이의 잡기장 기록들은 비를 맞았다
옥문 칡즙에 우려낸 지 오래되었다
마른 칡 토막이 된 잡기장이 타올랐다

# 애개개

장가들고 일주일쯤
말문이 트였다는 한 씨 아저씨
장 보러 간 마누라를 기다렸다

오동나무 아래 흙구덩이
닭들이 들어앉아 먼지를 부채질하는
여름 한낮 지하수를 푸는 모터 소리
붉은 호스를 타고 홀쭉하게 달렸다

까칠한 호박잎들 식탁보처럼 늘어졌다
여름 한낮 벙어리 한 씨 아저씨
언덕 너머 읍내로 휘어진 신작로를
입을 벌리고 내다봤다

애개개, 애개개개……
애개개개, 애개개개개……

벌떡 일어난 한 씨 아저씨

언덕을 넘어온 버스를 따라
지팡이를 내두르며 정류장까지 달렸다

애개개개개, 애개개개개개……
애개개개개개, 애개개개개개개……

마누라를 둘러업은 한 씨 아저씨
머리에 보따리를 인 한 씨 아저씨
하늘로 지팡이를 내두르며 집까지 달렸다

# 끝물

포도알 둘씩 뜯어 입에 밀어 넣고
오물오물 포도씨 둘을 발라낸다
마루 옹이구멍 옆에 포도 껍질을 뱉는다
입으로 들어가는 한 쌍의 포도알이
스며들기 전에 또 다른
한 쌍의 포도알이 입으로 들어간다
똑같은 맛은 어디에도 없는 것이다
똑같은 포도알도 똑같은 포도송이도 없는 것이다
똑같은 밭뙈기도 똑같이 기우는 해도 없는 것이다
허리를 굽히고 비가림 포도밭 밑에서
포도송이를 전지하는 반장 아저씨가
고개를 들어 올리고 모자를 벗어 든다
비닐이 뿌드득거리고 점자가 많은 포도잎들이
휩쓸려 나불거린다 같이 산 여자가 집 나간
아랫집 형님은 끝물 포도를 안주 삼아 됫병 소주
수위를 주저앉고 헛간에서 들려 나온 카세트는
산장의 여인을 반복 재생 중이다 까마귀들은
한 번씩 대추를 찍어 먹고 물고 가다 시멘트

마당과 마당가 풀숲에 떨어뜨린다
세상에 버림받고 사랑마저 물리친 몸*
눈물을 훔친 사람이 주먹을 쥐고 입에 갖다 댄다
전봇대를 타고 올라간 담쟁이넝쿨
밑동을 쳐낸 사람이 담쟁이 잎들
오그라들면서 타들어가는 노을을 마신다


* 권혜경의 노래 「산장의 여인」에서.

# 차에서 자는 인간

박스때기를 붙인 창문 안을 엿보지 말아다오
조수석 시트 골이 닳아빠진 것까지
지난밤들은 나에게 없던 것으로 해다오

침낭 속의 툰드라를
검은 마스크 속의 일본원숭이를
없던 것으로 해다오

못생긴 모과알이 떨어져
누군가의 차 지붕을 쳤을 때
경보음이 선을 긋고
시멘트 급경사를 만들었다

애완견을 두고 원룸텔을 나와
가는 담배를 꼬나문 여자의
전화 같은 건 받지도 않았다

술 취해 귀가하는 인간들을 방관했다

인간들이 올라간 원룸텔 계단 천장
얼어서 떨어지는 한라봉을 외면했다

노을이 옮겨 붙은 가로등*으로
니체를 읽는 밤, 남자의 후회는 성에처럼
바깥에서 안으로 드러나지 않는 것이었다

차에서 자는 인간은
급경사 옹벽 옆에서 장기 투숙하고 있었다
자신에게만 보이는 무늬를 만들고 있었다


*정승혜의 시 「노을」에서.

# 해바라기 뒤틀린 씨방까지

사팔뜨기 여자 작은 마리아상을 안고 걸었지 강아지풀 곁눈질로 스치면서 절뚝절뚝 걸어간 콘크리트길 끝을 향해 하염없이 뒤틀리고 여자는 해바라기 씨방까지 걸었지 혼잣소리로 흙가루가 떨어졌지 불룩해진 벽지와 필라멘트가 나간 스탠드를 안고 여자의 집은 막다른 골목 함석대문을 닫아걸었지 눈을 감으면 촛불이 켜지는 밤이었지 여자는 뒤틀린 입으로 침을 흘리며 기도했지 손을 모을 수도 똑바로 앉을 수도 없는 여자였지 손바닥을 가슴 높이로 포갠 여자였지 언제나 마리아상을 안고 걷는 여자였지 해바라기 뒤틀린 씨방까지 걷는 여자였지 막다른 골목 함석대문 안 냉골이었지 반환점을 돌아 나온 여자의 혼잣소리가 들렸지 마리아상은 등을 돌리고 걸었지 마리아상은 여자 안으로 걸었지

# 소파생활자

그는 소파에 가묘를 만들었는지도 모른다
간신히 일어난 그는 한밤중
몇 번이고 수돗물을 받아 왔다
소나무탁자는 옹이가 빠져 있었고
물어뜯은 잇자국은 플라스틱 컵에 남았다
반은 마시고 반은 마른 토사물 화분에 따랐다
모기는 손가락을 물었고 파리는 얼굴에 앉았다
그는 소파에 가묘를 만들었는지도 모른다
눈을 뜨면 멀티탭 개별 스위치 불빛들
냉장고 문짝에 모여 치사량을 얘기했다
냉장고는 산을 기어오르는 포클레인 엔진 소리를
담았다
명감나무 붉은 열매들은 냉장고 문짝을 떠도는 사
리였다

# 추석

바깥 마루에 털퍼덕 앉아서는 물가에 선 미루나무를 바라보게 될 것입니다 미루나무는 수심을 닮아서 하늘을 자신의 키 높이로 끌어내려 황혼의 취기를 만끽하고 있었습니다 올 사람 아무도 없는데 나는 어느새 누군가를 기다리고 있었습니다 그는 한 번도 오지 않았습니다 한 번도 오지 않았기에 나는 기다릴 수 있었습니다 지금쯤 억새가 피기 시작했을까요

내 늙은 시절이 떠오릅니다 내 애인은 나와는 육십 살 정도 차이가 났습니다 나는 슬픔을 안고 살았습니다 돌팔이 의사들은 거의가 단명했습니다 나를 업고 사기전골 돌팔이 의사에게 뛰어가던 어머니 나는 노루의 등에라도 탄 듯 뜨겁게 안겨오는 피의 온기에 맘껏 젖어 시들었다 피는 꽃이곤 했습니다 내 몸은 십대 초반이었고 내 마음은 칠십이 조금 넘었었습니다 변하지 않는 것이 있습니다 그러나 내 마음은 십대 초반이고 내 몸은 칠십이 넘었습니다 나는 누구를 업고 뛴다는 걸 상상조차 못 할 나이가 되었습니다 물가에 선 미루나무는 그만 한 쇠꼬챙이로

104

내 쓰라린 슬픔의 한나절을 후비지 않으리라 장담할
수 없습니다.

　돌팔이 의사들은 단명했고 불에 구워지는 미루나
무 쇠꼬챙이 물가에 우뚝 서 있을 것입니다 황혼 녘
나는 알싸하게 취해 뒤로 짚은 힘없는 두 팔에 몸을
바치고 저세상인 듯 물가 미루나무를 바라보고 있을
것입니다 간혹 동전을 두 손안에 모으고 흔드는 것
처럼 경운기가 지나가고 번쩍거리는 차들이 아스팔
트 바닥에 바퀴로 해괴한 비명을 연주할 것입니다
돈사(豚舍) 지붕 앞으로 뻗어 나온 밤나무 가지에선
밤송이들이 입안에 세 알 두 알 한 알씩 알밤을 물고
있을 겁니다 나는 그런 말을 만들려고 애썼습니다

# '늙은 시절'을 기록한다는 것

## 최 현 식
### (문학평론가·인하대 교수)

> 여기까지 어떻게 왔는지
> 여기까지 오는 동안
> 우리들 간은 몇 개씩 녹아났는지
> ―「사월의 눈」 전문

　　매우 이지적이고 냉철한 성격의 누군가일지라도 그렇게 살고 싶을 때가 있다지요. "내 몸은 십대 초반이었"으나 "내 마음은 칠십이 조금 넘"(「추석」)게 말입니다. 이런 식의 몸과 마음의 어처구니없는 전도는 대개 '조로'와 '단명' 같은 타나토스의 심연을 서둘러 떠올리게 합니다. 더불어 동정과 연민을 저이에 대한 애틋한 예의로 불러내기도 하고요. 하나 가만히 생각하면 이런 마음 씀씀이는 정중하지도, 가지런하지도 않다는 느낌이 문득 드는군요.

왜 몸과 마음을, 또 삶의 연대기를 거꾸로 살 수밖에 없는 가를 먼저 묻는 것이 좀더 마땅하겠다는 판단 때문이지요. 이윤학 시인의 새 시집 『짙은 백야』를 집어 들었을 때 첫 시보다 끝 시를 먼저 펼쳐야 한다는 독법(讀法)의 제안도 여기서 비롯되는 것이고요.

십대 초반이면서 칠십대 초반인 '나', 이것은 심리적 정황이면서 사실적 상황이라는 점에서 징후적이며 (탈)현실적입니다. 두 가지 조건이 개입되었기 때문이지요. "내 애인은 나와는 육십 살 정도 차이가 났"다는 것, 또 어릴 적 아픈 '나'를 업고 뛰어가던 어머니 등에서 '나'는 "뜨겁게 안겨오는 피의 온기에 맘껏 젖어 시들었다 피는 꽃이곤 했"(「추석」)다는 것 말입니다. 두 사태를 하나의 서사로 연결한다면, '나'와 '애인'은 통합보다는 상실의 관계에 좀더 가깝고, 그 위험한 좌절을 온몸으로 문질러 간신히 넘어서게 한 이가 '어머니'라는 것쯤으로 정리될 수 있겠군요. 우리는 그러나 저 애인—상실과 어머니—살림의 관계가 내 '애인', 곧 타자의 것이기도 하다는 역상(逆像)의 사태를 잊어서는 안 됩니다. "여기까지 어떻게 왔는지"(「사월의 눈」) 모를 삶의 질곡, 그것을 넘어서려는 생명의 너울은 어쩌면 '나' 이전에 타자로서 '어머니'와 '애인'('나'보다 어린 사람일 수도 있지만)이 앞서 경험한 것일지도 모릅니다. 그러므로 저의 '뒤늦음'을 이해하고 수렴할 때야 우리 모두의 '늙은 시절'은 '낡고 탈 난' 산술

적 연령이 아니라 '오래고 깊은' 본원적 연륜으로 새로이
가치화될 수 있을 듯합니다.

　돌팔이 의사들은 단명했고 불에 구워지는 미루나무 쇠꼬
챙이 물가에 우뚝 서 있을 것입니다 황혼 녘 나는 알싸하게
취해 뒤로 짚은 힘없는 두 팔에 몸을 바치고 저세상인 듯 물
가 미루나무를 바라보고 있을 것입니다 간혹 동전을 두 손
안에 모으고 흔드는 것처럼 경운기가 지나가고 번쩍거리는
차들이 아스팔트 바닥에 바퀴로 해괴한 비명을 연주할 것
입니다 돈사(豚舍) 지붕 앞으로 뻗어 나온 밤나무 가지에선
밤송이들이 입안에 세 알 두 알 한 알씩 알밤을 물고 있을
겁니다 나는 그런 말을 만들려고 애썼습니다
　　　　　　　　　　　　　　　　　　　　　—「추석」부분


　해 질 녘 취한 상태로 제 태어난 곳, 아니 제 삶을 묻을
곳 농촌의 풍경을 아프게 응시하고 그것을 시의 어떤 기
호로 만들고 싶다는 욕망. 이것은 이윤학의 『짙은 백야』
를 관통하는 시의 꼭짓점이자 컴퍼스compass에 해당됩
니다. 아, 하지만 각별히 유의할 사항은 저 '농촌'은, 또 거
기 서 있는 '자아'는 구체적 사실이기도 하지만, 우리 삶
을 둘러싼 보편적 환경이자 거기 붙들린 인간 운명을 나
타내는 일종의 추상(상징)이기도 하다는 점입니다. 『짙은
백야』의 관심은 인간사 못지않게 고양이, 개, 닭, 물고기

등에 가닿아 있지요. 이런 시좌(視座)는 주어진 상황으로
서의 농촌 환경 때문이 아니라 몸과 마음의 연령이 전도
된 모든 것들의 운명을 좀더 깊고 넓게 들여다보기 위한
내면의 관심에서 발명된 시적 장치라 할 만합니다.

> 백 년을 넘긴 대추나무가
> 서쪽으로 기우는 달밤입니다
> 수평으로 퍼지다 직각으로 올라간
> 얼마 되지 않은 대추나무 가지에도
> 이른 메밀꽃처럼 꽃이 핀 달밤입니다
> 훤히 뚫린 개집 안 더 아픈 강아지가
> 끈질기게 앓는 강아지의 등에 바짝 붙어
> 흰 털을 핥으며 실눈을 빗뜨는 달밤입니다
> ─「서대마을에서」 전문

아마도 "이른 메밀꽃처럼 꽃이 핀 달밤", 그렇지요, 시
집 제목대로의 "짙은 백야"는 애인과 어머니, 강아지와
고양이 들의 역사와 현재이고서야 '나'의 그것이기도 할
겁니다. 하지만 조심하시길! 땅의 그윽한 메밀꽃과 하늘
속 희디흰 달에 마음을 빼앗기다 보면 '앓는 강아지들'끼
리의 서로 보살핌과 서로 껴안음을 순식간에 놓쳐버릴 수
있으니까요. 서로의 삶을 북돋우느라 낑낑대는 강아지들
의 따스한 혓바닥에 우리 몸을 맡긴다면, 달빛 교교한 꽃

밤은, 그것을 가득 피운 대추나무는 실제이기에 앞서 강아지들의 '실눈'에 벌써 피어난 내면의 황홀경일지도 모릅니다. 물론 강아지들의 친밀성은 태어날 적부터 그냥 주어진 것이 아닌데요, 이 지점에 인간과 동물이 등가(等價)의 존재성을 갖게 되는 어떤 비밀이 숨어 있답니다.

> 앞다리를 뒤로 빼고 뒷다리를 앞세운 중견
> 거울에 비친 괴물에 놀란 중견
> 꼬리를 바닥에 붙이고 급브레이크를 잡았다
> 뒤선 중견 앞선 중견을 타고 넘어 패대기쳐졌다
> 급브레이크 잡은 중견 거울을 빠져나오지 못했다
> 패대기쳐진 중견 일어나 거울에 홀린 중견을 쳐다보았다
> ──「전신거울」 부분

　골목을 달리다가 거울에 부딪쳐 땅에 고꾸라지는 '중견' 두 마리의 모습은 이상(李箱)의 「오감도」 속 '아해'들과 「거울」 속 악수(握手)의 주체들을 슬며시, 아니 의도적으로 겹쳐놓은 형상이라는 생각이 언뜻 드는군요. 두 시편은 인간존재의 소외감, 고독한 개인의 내면 분열과 군중끼리의 갈등을 날카롭게 헤집음으로써 근대인의 파편화된 삶을 무섭게 입체화했다는 해석을 얻고 있지요. 이와 비교한다면, 「전신거울」의 '중견' 두 마리는 소외와 갈등의 분열적 관계보다는 서로가 서로의 '방향키'와 '굴착

기' 역할을 하는 상호 협조 관계를 형성하고 있는 듯합니다. 상(箱)의 후예인 우리들의 분열적 소외와 대비되는 '중견'들의 우애와 결속이 더더욱 두드러지는 까닭도 그들 나아갈 곳을 함께 가리키고 또 함께 굴착할 줄 아는 협력과 통합의 지혜와 상상력 때문일 겁니다.

우리는 그러나 인성(人性)을 초과하는 물성(物性)의 상징적 가치를 톺아 세우기 전에 다음 질문을 먼저 던질 법합니다. '중견'들은 왜 질주의 장애물로 문득 다가서는 '거울'을 알아차리지 못한 채 하릴없이 부딪쳐 거울 속과 밖으로 서로를 떼어놓고야 마는가? 머지않은 미래의 시공간을 예측도, 계량도 할 수 없다면, 그들의 질주와 연대는 우발적이고 찰나적인 것에 지나지 않겠는가? 『짙은 백야』에서 이에 대한 응답은 심층적인 면모를 찾아보기 어려운 '중견'보다는 그 자신 "거울에 홀린 중견"의 형상에 더욱 가까워 보이는 자아의 처지에서 찾아질 듯합니다. 임의로 뽑아본 아래 시구들에는 자아나 역사, 타자와의 소통 및 대화가 쉽지 않은 주체들의 난감한 처지가 역력합니다.

내 발목은 우물에서 나와 흘러갔고
내 몸은 우물에서 뽑히지 않았다
　　　　　　　　　　　—「재봉틀 발판을 베고 잤다」 부분

모자를 쓰지 않았는데

모자를 쓴 것 같은 느낌이

찾아올 때가 있더라

—「누옥의 방 한 칸」부분


막다른 골목까지 걸어간 사내가

풀을 쥐고 매달려 있는 시간이 늘어났다

—「사일로가 보이는 식탁」부분


함께 질주하는 까닭도, 따로 분리되는 까닭도, 제 몸이 제 몸에서 어긋나는 까닭도 알지 못하는 '너'와 '나'의 상호 소외와 동시 분열. 이 무섭고 가련한 경험에 떨고 있는 우리를 "거울에 비친 괴물에 놀란 중견"(「전신거울」)으로 비유한다면 어떨까요? 뜻밖의 '괴물' 출현으로 인해 "입을 다물어도 입안에 들어오지 못한 혀들"(「사일로가 보이는 식탁」)로 가득한 암흑천지는 우리의 삶을 "우물에 빠진 자두를 건지려다 발목만 남"은 것으로, "아무리 빨리 돌려도 끊긴 가죽피대는 (다시—인용자) 연결되지 않"(「재봉틀 발판을 베고 잤다」)는 상황으로, "숨을 쉬느라 목소리를 들려"(「사일로가 보이는 식탁」)줄 수 없는 처지로, 끝내는 "어떤 사랑도 실패한다는/결론에 도달하게"(「누옥의 방 한 칸」)끔 만들고야 맙니다. 이에 따른 내면의 불안과 정서의 공황은 일종의 성격 파탄을 현

실화하기 마련입니다. "새벽이면 인격들의 중얼거림이
권태와 변태를 불러왔고 / 언제나 술을 마신 식전이 되었
다"(「공터의 벽시계」). 여기서 보이는 이성의 몰수와 감
각의 혼돈, 그것들이 합작한 결과로서 삶의 중지. 과연 이
상황과 「늦봄」의 현실을 유비적 관계로 묶을 수 있을지
모르겠습니다만, 차디찬 이별과 죽음의 상황에 던져진
더운 봄날 어린 꿩들의 가녀린 울음과 애처로운 비명은
신문 펴 들기 두려운 오늘날 우리가 고스란히 감당해야
할 날것의 현실이기도 합니다.

　　연초록 떡갈잎이 돋아난 야산으로 통하게 베란다 창문
　　을 열어놓았는데 밤사이 어미는 돌아오지 않았다 쓰러지면
　　다시 일어나 졸기를 반복하는 새끼 꿩 세 마리가 똥오줌을
　　깔고 앉아 쉰내를 풍기며 울었다 약한 불에 올려놓은 찜통
　　의 사골이 졸아드는 반지하 어미를 찾는 아이들 울음이 들
　　렸다 지독한 노린내를 풍기는 연기가 주방후드에서 쏟아져
　　나와 담쟁이를 감고 올라갔다

　　　　　　　　　　　　　　　　　　　　　　　─「늦봄」 부분*

* 어린 꿩들의 처참함을 기댈 곳 없는 사람들의 그것으로 바꿔 쓴다면
「철제계단 난간 손잡이」가 가장 유사할지도 모르겠습니다. "시집갔다 온
여자"가 "으스러지게 잡은 철제계단 난간 손잡이 / 라일락꽃 그림자들 쇠
가 벗겨져 있었다"라는 구절이 특히 그렇습니다. 여자의 삶을 휘감아버
린 죽은 핏빛의 멍 자국과 라일락꽃 연보라와 검붉게 녹슨 철제계단은

지금은 매우 드문 광경이 되었습니다만, 『짙은 백야』를 읽는 독자들 정도라면 치운 봄날 수염 듬성한 아저씨의 거친 손에 갇혀 어린 주인을 기다리던 샛노란 병아리들이 눈앞에 선할 겁니다. 값어치 없는 생명으로 분류되어 싸디싼 가격표를 붙인 그것들이 어린 사랑과 정성을 거쳐 어엿한 암탉이나 수탉으로 자랐다는 풍문은 차라리 미담에 가까웠지요. 그 당시 병아리를 향해 내미는 어린 손이나 부득불 그것을 가로막던 부모의 손이나 지금 생각하면 다 같은 마음이었지 싶습니다. 인류의 기초가 되는 '측은지심', 그러니까 우물가로 기어가는 아이를 보면 누구나 아이에게 달려가기 마련이라는 연민과 사랑의 마음이 그것입니다.

내 멋대로 짐작한다면, 이윤학 시인의 '십대의 몸'과 '칠십대의 마음', 그것을 동시에 살게 한 예순 살 차이 나는 '애인'과 나를 등에 업고 뛰는 '어머니'의 찰나적이면서도 지속적인 상기는 저 '늦봄' 어린 생명들과의 예기치 않은 만남과 이별에서 기인한 것일지도 모르겠습니다. 이때 기억 속 '어머니' '애인'과 현실 속 '나'의 차이가 있다면, 부재하는 저들은 '나'를 살렸지만, 현실의 존재인

---

죽음으로 치닫는 어린 꿩들의 곳곳과 아득하고 무섭게 겹친다는 느낌을 지울 수 없답니다.

'나'는 끝내 어린 꿩들을 살리지 못했다는 냉혹한 사실이 겠지요.

이 점, 『짙은 백야』의 구성법 이해와 깊이 있는 읽기를 위해 빼놓을 수 없는 '누빔점'이자 참조 사항이랍니다. 특히 『짙은 백야』의 핵심어 '늙은 시절'을 문자 그대로 이해하면서 드디어는 '오래된 미래'로 사건화·가치화하고자 할 때 더욱 그렇지요. 시인은 지난 시집 『나를 울렸다』(문학과지성사, 2011)에서 "미래가 과거가 되는 곳"(「퇴촌」)을 주의 깊게 응시했습니다. "지난 일들 모두가/전생의 기억이 될 때"를 기다리면서요. 이와 같은 시공간의 사유와 상상은, 만약 문자 그대로 해석한다면, 현재와 미래를 부재한 것으로 혹은 도래 불가능한 것으로 못 박음으로써 모든 삶을 불가능과 허구의 지평에 가둬버릴 우려가 없지 않습니다. "전생의 기억"이라 했지만, 현재와 미래가 없으니 과거, 곧 '전생'이 존재할 리 없습니다. 시공간의 삭제와 그에 따른 세계 공백의 사태가 돌연 발생하는 지점이랄까요?

그러니 이런 사태를 앞에 두고 "이제는 내 말에 귀 기울"이고 "내 말을 따라 움직일 수밖에"(「퇴촌」) 없다고 주장할 수는 없는 노릇입니다. 이를 감안하면, 『짙은 백야』 속 자아의 삶에 강력한 영향력을 끼치는, '부재하는 현존'이라 할 만한 '애인'과 '어머니'의 '늘 있음'은 더욱 징후적이며 미래적입니다. 두 존재는 "내 말"의 실질적

기원이자 상징적 구성물에 해당합니다. 그런 까닭에 "미래가 과거가 되는 곳"의 의미는 전혀 예상치 못한 시간적 사태, 곧 과거가 현재와 미래로, 또 이들 과거 – 현재 – 미래가 그것들의 미래 – 현재 – 과거로 계속 몸 바꾸는 통합적·수평적 시간지대로 역전될 가능성이 생깁니다.

> 혼자 남은 노인은 남편이 숨지면서 던져준 태엽 감는
> 손목시계를 몸뻬 주머니에서 꺼내 귀에 대고 산등성이
> 활엽수 사이로 밀물 드는 태양의 잔상을 좇았다
>
> 또 하루를 산 것이 대견해 눈물이 넘쳤다
> 물컹해진 종이컵에 페트병 소주를 들이켰다
> 매캐해진 별들의 운행 기록을 뒤져보았다
>
> —「서대길」 부분

　죽음의 고독과 공포는 신실한 믿음을 전제해도 함부로 넘어설 수 없는 인간 최후의 장벽에 가깝습니다. 시간 – 시계를 들춰 "태양의 잔상"을 좇아 본다지만 이 행위는 태엽의 움직임에 결박된 것이므로 결국 태양을 쫓아내는 미련스러운 작태에 불과합니다. 이런 사정에 비춰본다면, "또 하루를 산 것이 대견해 눈물"을 넘치게 흘리며 "매캐해진 별들의 운행 기록을 뒤져보"는 것은 원환(圓環)의 자연 시간을 회복함과 동시에 그것을 존재의 리듬으로

다시 수렴하는 지극히 가치론적인 행위라 할 만합니다. 사실대로 말해 "소주를 들이"켜는 것은 "몸은 하나였지만/갈 곳은 여섯 갈래/여덟 갈래로 벌"(「산길」)려가는 것일 수 있지요. 하지만 '별'의 세계로 다시 제 몸과 영혼을 기입하는 순간 '알코올'은 삶의 도약과 역전을 기약하는 건강하고도 열정적인 도취와 모험의 매개체로 그 성질이 급변합니다.

> 하루해가 가기 전에 대사집에서 돌아온 주인은
> 새끼 염소를 오동나무 밑에 파묻었다 다음 날부터
> 염소 방목장 오동나무 가지에 목매달린 까마귀들이
> 열리기 시작했다
>
> ──「염소 방목장」 부분

> 이 잠망경은 맹지(盲地)로 가는 유일한 통로였다
> 어젯밤 타이핑한 까마귀들을 불쏘시개로
> 새벽의 암사슴 짧은 입김을 모시러 가는 소각장이었다
> 맹지로 진입한 대추나무 가지들은
> 서쪽으로 퍼져나가 소각 연기의 잎맥이 되기도 했다
>
> ──「벽난로」 부분

  누군가는 인용 시편들에서 삶의 근기를 잃은 처연한 죽음을 먼저 읽을 법합니다. 하지만 죽음투성이 기호는

「늦봄」에 훨씬 울울하다는 게 좀더 적절한 판단일 듯합니다. 겉보기에는 「염소 방목장」이나 「벽난로」나 유약한 타자를 먹이 삼은 '까마귀'들로 인해 음습한 죽음의 기운이 너울대는 형국입니다. 한데 흥미롭게도 두 시에는 기이하다 못해 어딘가 상징적인 나무들이 우뚝 서 있습니다. 그렇습니다, 심지어 살아 있는 생명체를 잔인하게 쪼아 먹은 절대 생명욕의 까마귀들이 그 나무들의 풍성한 열매로 주렁주렁 열리고 있으니까요.

이 지점에서 유의할 사항 하나는 나무들이 뿌리와 가지를 벋는 '맹지(盲地)'는 도로와 한 군데도 접하지 않는 토지, 요컨대 어느 곳으로의 탈출도 불가능한 '막힌 땅'(여기서도 상(箱)의 「오감도 제1호」가 환기되는군요)을 뜻한다는 사실입니다. 한데 아찔하게도 남 잡아먹은 까마귀 잔뜩 열리고 매달린 나무('잠망경')만이 "맹지로 가는 유일한 통로"라니요. 타나토스와 에로스가 서로를 밀쳐내거나 반대로 서로를 끌어안는 형국이 동시에 펼쳐지는 기이한 장면이 벌어지는 현장입니다. 물론 내게 생과 사의 우선권에 관련된 선택지를 뽑으라면, 질병과 죽음이 스멀거리는 현실, 바꿔 말해 '맹지'를 가로질러 '나'를 업고 생(生)으로 난 좁디좁은 길을 마구 달렸던 '어머니', 바꿔 말해 "소각 연기의 잎맥"을 가득 단 "대추나무 가지들"을 주저 없이 선택하겠습니다. 이런 입장은 이윤학 시의 새 입지점인 "죽은 자의 힘을 빌려 살지 않겠다"(「짙은 백야」)라는 다짐에 미쁘게 동참하고 싶다는 독자의 욕망 발현이기도 하니까요.

숨 쉬다 보면 절벽이 나왔고 양지바른 곳은 모두가 묘지였다
살아서 아는가 무화과가 숨겼던 꽃을 내밀었을 뿐인데
열매가 벌어져 입안이 헐은 사람은 자기 이름을 부르는
소리에도 소스라쳐 담장의 버팀목에 기대는 순간이 있지
　　　　　　　　　　　　　　　—「죽변(竹邊) 바다」 부분

카페의 목조계단은 비좁았고, 반들거렸다
음울한 클래식이 지름길로 들어오고 나갔다
그만이 무덤에 갔다 돌아왔다
짙은 백야를 걸었다
　　　　　　　　　　　　　　　—「짙은 백야」 부분

어디 하나 '맹지' 아닌 곳이 없군요. '절벽'과 '무덤'으로 가득한 현실인지라, 고양이의 "상처 입고 약 먹은/마지막 모습 낙엽에 덮어버리는 장면/모종삽을 들고 따라가 보지 못"(「모종삽을 들고」)해 우울하고 불편한 심정은 크게 백안시될 일도 아니겠습니다. 두 시편에서는 '늙은 기록'의 편린들을 새로 파내고 심는 생(生)의 모종삽이 엿보이는지라 오히려 다행한 일입니다. 여기서도 우리들

의 삶은 보잘것도 기대할 것도 없이 떠도는 '깨진 배'와
엇비슷한 형편입니다. 그럼에도 시적 자아를 포함한 '그'
들은 어느 순간 무너질 "담장의 버팀목"에 기대어 "짙
은 백야"를 뚫고 우리 어머니들과 고양이들, 어린 꿩들의
'무덤'에 다녀오고 있는 중입니다. 거기 바쳐진 진정한 애
도와 따스한 기억의 발걸음이 더더욱 굳세고 다정해질 수
밖에 없는 이유랄까, '늙은 시절'들에의 기록이 서로의 상
생과 도약의 기호들로 전유되어야 하는 까닭이랄까 하는
것들이 이해되고 수렴되는 지점이 여기 어디일 겁니다.

떼장을 새로 입힌 무덤 몇 기
황토가 드러난 무덤 앞에서
아비 손을 이끌고 내려온 여자아이가
카니발 주위에 흩어진 사과꽃을 줍는다

사과꽃은 나비가 된댔어
아무도 보지 않을 때
나비가 되어 날아간댔어

고개를 돌리는 아비 얼굴을
요리조리 따라다니는 아이
엄마 말이 맞지?

　　　　　　　　　　　　　　　　　—「사과꽃」 부분

「사과꽃」은 세상에 다시없을 아름답고도 슬픈 이별과 결속의 장면을 눈물겹게 상연 중입니다. 이승의 '아이'와 저승의 '엄마'는 물리적 현실에서는 결코 다시 만날 수 없겠지요? 하지만 존재의 변신에 대한 순정한 신뢰와 '엄마'에 대한 절대적 사랑은 결핍 지향의 물리적 시간을 충만 지향의 인간적 시간으로 바꿔놓기에 충분한 정서적 힘이자 운동입니다. 죽은 '엄마'를 '사과꽃'이 된 '나비'로 끌어안고 천지간의 그것들 모두를 하염없이 쫓는 아이의 말갛게 젖은 눈빛. 이것은 '칠십대의 몸'으로 '십대의 마음'을 지침 없이 살게 하는 영원한 삶의 원천이자, '늙은 시절'을 좀더 나은 삶을 향한 존재 투기(投企)의 장으로 역전시키는 사랑의 기술이 아닐 수 없습니다.

그렇다면 『짙은 백야』의 진정한 주체는 삶의 슬픔과 존재의 고통에 무감각한 척하거나 과장할 줄 아는 어른들이 아닐지도 모릅니다. 그보다는 '엄마'의 현존과 부재에 즉각 반응하되 감정의 숨김도 손익의 계산도 없이 그 상황들로 속속 녹아드는 인성(人性)과 물성(物性)의 '어린것'들이 더 합당할 듯싶습니다. 그래야만 '늙은 시절'은 보잘것없는 삶의 복잡다단한 서사가 펼쳐지는 부정적인 공간으로 축소되지 않습니다. 여전히 '어린것'들의 생명과 감각의 터전인 곳, 그래서 그게 무엇이든 우리 삶의 세부적인 것까지 알고 있으며, 개별적 삶들에 대한 깊은 관심과 배려를 아끼지 않는 지극히 인간적인 장소. '늙은 시절'은 이렇게 이해되고 수렴될 때야 '사과꽃'과 '나비', 그것들이 변신한 '엄마', 또 셋 모두가 다정하게 깃든 영원한 삶의 무덤tomb, 아니 그것조차 제 안에 담은 참삶의 자궁womb으로 거듭날 수 있습니다.

사팔뜨기 여자 작은 마리아상을 안고 걸었지 강아지풀 곁눈질로 스치면서 절뚝절뚝 걸어간 콘크리트길 끝을 향해 하염없이 뒤틀리고 여자는 해바라기 씨방까지 걸었지 혼잣소리로 흙가루가 떨어졌지 불룩해진 벽지와 필라멘트가 나간 스탠드를 안고 여자의 집은 막다른 골목 함석대문을 닫아걸었지 눈을 감으면 촛불이 켜지는 밤이었지 여자는 뒤틀린 입으로 침을 흘리며 기도했지 손을 모을 수도 똑바로 앉을 수도 없는 여자였지 손바닥을 가슴 높이로 포갠 여자였지 언제나 마리아상을 안고 걷는 여자였지 해바라기 뒤틀린 씨방까지 걷는 여자였지 막다른 골목 함석대문 안 냉골이었지 반환점을 돌아 나온 여자의 혼잣소리가 들렸지 마리아상은 등을 돌리고 걸었지 마리아상은 여자 안으로 걸었지

　　　　　　　　　　—「해바라기 뒤틀린 씨방까지」 전문

『짙은 백야』의 인물들은 늙거나 병들었고 짝과 보호자를 잃거나 그들과 헤어졌으며, 주변인의 따돌림에 노출

되기 쉬운 장애인으로 '비정상'의 목숨들인 경우가 많습니다. 이들 모두는 '변두리 삶'으로 밀려날 수밖에 없는 불리한 조건을 생의 기저에 떠안고 있는 경우라 하겠지요. 어디고 모자람 없다고 자신하는 우리들은 십중팔구 때로는 불쌍함의 시선으로, 때로는 협조의 태도로 이들에게 불쑥 손 내밀곤 할 겁니다. 지금도 "사팔뜨기 여인"을 향해 그런 마음을 먹은 '우리'라면, 조용히 그리고 다소곳하게 손을 거둬들이기를 제안합니다.

왜냐고요? 우리 '마음'을 먼저 보았지, 불리한 삶을 가로질러 오롯이 유현한 삶 속으로 진입한 그녀의 '온몸'을 뒤로 놓친 까닭입니다. 그렇습니다, 그녀는 지금 가장 슬프면서 가장 영예로운 어머니 "마리아상"에게 삶을 의탁하는 한편 사후의 구원과 신생(영원)을 갈급하고 있습니다. 이 경우 신적 구원의 첫번째 형상은 보통 성현(聖顯), 곧 신의 '나'에게로의 임재로 나타나곤 하지요. 이때는 구원자로서의 신, 되살려지는 자로서의 피조물이라는 종교적 체계와 권능이 압도적으로 우세합니다. 보통의 '성현'의 문법에 비춰볼 때 「해바라기 뒤틀린 씨방까지」는 어떨까요? 사팔뜨기 '그녀'의 '마리아'는, 그녀를 구원하기 위해 그녀의 결핍을 충족시키는 방식을 취하지 않습니다. "마리아상은 여자 안으로 걸었지"에서 보이듯이, 아예 사시(斜視)의 '그녀'가 됨으로써 그 불우와 곤란을 자기화하는 '숭고한 파탄'을 신 혹은 성스러운 존재의 운명으로 걸머지고야 맙니다.

독자들은 기억할 겁니다, 조르주 바타유가 '에로티즘'을 "죽음까지 파고드는 삶"으로 정의하는 한편 에로티즘은 "상이한 사물이 뒤섞이는, 불명료한 곳으로 우리를 인도"하며 "죽음을 통하여 연속성에 도달케" 한다고 설명한 것을요. 그는 인간과 신의 통합, 곧 '성현'을 에로티즘의 근원적 형태로 꼽으면서, 존재의 리듬을 반영하고 표출하는 시 역시 "우리를 영원성에 이르게 하고, 우리를 죽음에 이르게 하"는 에로티즘의 한 형식으로 가치화했지요. 그런 의미에서 「해바라기 뒤틀린 씨방까지」는 '성현'과 '시'의 에로티즘이 매우 이채로우면서도 빛나게 결합된 경우라 할 수 있답니다.

그러나 잊지 마시길, 두 겹의 성(聖)과 속(俗)의 에로티즘, 곧 '마리아'와 '사팔뜨기 여인'의 통합 및 영성(靈性)과 시성(詩性)의 결속은 어지러운 현실을 초월하기 때문에 위대하지도 아름답지도 않다는 것을요. 오히려 「해바라기 뒤틀린 씨방까지」의 겹겹의 에로티즘은 그 무엇하고도 바꿀 수 없는, 소수자들을 향한, 아니 '정상'과 '권력'을 향해 아프게 되돌려지는 생명과 사랑의 말을 생산·전파·심화·확장한다는 점에서 근본적이고도 미래적입니다.

이를테면 "골짜기 이쪽저쪽 무덤을 오가면서/말을 주고받는 메아리 말문이 트였다"(「과수원」)나 "마누라를 둘러 업은 한 씨 아저씨/머리에 보따리를 인 한 씨 아저씨/

하늘로 지팡이를 내두르며 집까지 달렸다"(「애개개」) 같은 장면을 보시지요. 현실에서 두 시편의 주인공들인 '아비'나 '한 씨'의 언어는 "애개개, 애개개개……/애개개개, 애개개개개……"를 벗어나지 못하는 '말 아닌 말'에 불과합니다. 그러나 그들의 일그러진 말은, 인용 시구에서 보았듯이, 죽음과 삶을 정성껏 잇는 한편 남녀의 소박하되 온전한 사랑을 실현하는 에로티즘을 아낌없이 통과함으로써 폭력과 소외, 미움과 갈등의 혐의로 얼룩진 현실의 불통 언어를 훌쩍 넘어서기에 이른답니다.

그러므로 '늙은 시절'은 에로티즘에의 절대적인 시공간적 깊이와 넓이로 인해 그 어떤 '젊은 시절'들보다도 우월한 사랑의 기술, 바꿔 말해 고통과 결핍의 오늘을 순정과 충만의 내일로 바꿀 줄 아는 지혜를 본질로 한다고 보아도 무방합니다. 그래서 시인은 '늙은 시절'에의 기억과 그리움, 드디어는 귀환의 순간을 아래와 같이 적지 않고서는 못 견디는 것이지요.

바깥 마루에 털퍼덕 앉아서는 물가에 선 미루나무를 바라보게 될 것입니다 미루나무는 수심을 닮아서 하늘을 자신의 키 높이로 끌어내려 황혼의 취기를 만끽하고 있었습니다 올 사람 아무도 없는데 나는 어느새 누군가를 기다리고 있었습니다 그는 한 번도 오지 않았습니다 한 번도 오지 않았기에 나는 기다릴 수 있었습니다 지금쯤 억새가 피기

시작했을까요

—「추석」부분

'그'는 한 번도 오지 않았고 그렇기에 '나'는 기다릴 수 있다는 태연한 듯 다짐 굳센 고백은 어쩌면 해결 방법 없는 무작정한 희망에 가까이 서 있다는 점에서 오히려 절망과 소외의 감각일 수 있습니다. 그러나 '사팔뜨기 여인'과 '마리아'의 하나 됨은 이미 『짙은 백야』를 관통하는 시적 원리이자 '나'와 '너', '우리'의 생애 전체를 관장하는 삶과 죽음, 대화와 소통, 나눔과 변신의 연애술로 점점이 박혀 있습니다. 우리는 그러니 '그'와 '나'를 서로 상이하며 만남 없는 이질적 존재로 매어둘 필요도, 까닭도 전혀 없는 상황 앞에 서 있는 셈이랍니다.

이윤학 시인은 『짙은 백야』를 닫는 「추석」의 마지막 구절을 "나는 그런 말을 만들려고 애썼습니다"라고 진중하게 고백하면서, 오래되어 더욱 젊은 '늙은 시절'의 서사를 완결 짓고 있습니다. 그러나 만약 「추석」을 '늙은 시절'의 어렵고 불우하지만 그래서 더욱 행복하고 풍요로운 인생의 항로, 바꿔 말해 한편에는 어미 찾는 어린 꿩과 반지하 아이들의 울음이 "나와 담쟁이를 감고 올라"(「늦봄」)가는 광경이, 다른 한편에는 "간신히 몸을 추스른 노인"이 "산길을 내려간 부인을 찾아 / 움막을 나"(「산길」)서는 모습이 함께 흐르는 "짙은 백야"를 압축한 시편으로 읽는

다면, 「추석」 맨 앞에 "나는 그런 말을 만들려고 애썼습니다"라고 적었어도 그만이었을 겁니다. 그럴 때 우리는 온갖 풍경과 생애로 구성, 조직되어가는 '늙은 시절'과 '짙은 백야'의 현실을 느릿느릿 청취하기에 앞서 두 시공간 속에 벌써 스며든 채 "해바라기 뒤틀린 (절대 사랑의―인용자) 씨방" 속에서 '나'와 '너', '우리'의 "애개개, 애개개개……"를 즐겁고 슬프게 중구난방으로 흩날리느라 바빴을지도 모릅니다.

저만의 소회일까요? 이 시집을 야무지게 통독한 뒤라면 「추석」을 맨 앞과 맨 뒤로 나누어놓고 싶은 욕망에 들뜨게 된다는 사실 말입니다. 이 감각에 일말이라도 동의하는 순간, 이윤학 시인은 우리에게 벌써 또 다른 "애개개개, 애개개개개……"라는 말을 넘어선 말로 대화의 끈을 넉넉히, 그리고 급박하게 당기고 있다는 판단 역시 우리 공동의 몫일지도 모릅니다. 그러니 부디 바쁘다 마시고, 아니 바쁠수록 더더욱 우리들의 "애개개, 애개개개……"를 명랑하고 진술하게 발화하시기를…… 그 자리에서 문득 "수심을 닮아서 하늘을 자신의 키 높이로 끌어내"리는 "미루나무"(「추석」)를 마주하게 될 것이며, 그 가지 곳곳에서 아름답게 꽃 피거나 푸른 잎으로 출렁일 '사팥뜨기 여인'과 '마리아', '사과꽃'과 '나비'와 '아이', '어린 꿩'과 '나' 들을 조우하게 될 것입니다. 그러니 다 같이 이렇게 외쳐볼까요? "지금쯤 억새가 피기 시작했을까요". ▨